LES

LIBERTINS

LES
LIBERTINS

SATIRE

PAR

VICTOR DELERUE

Membre de la Société Impériale des Sciences, de l'Agriculture
et des Arts de Lille.

Le libertin en lui résume tous les vices.

LILLE,

IMPRIMERIE DE L. DANEL.

1868.

LES LIBERTINS

SATIRE.

I.

Ce titre, je le sais, doit causer de l'effroi ;
Mais tranquillisez-vous, j'engage ici ma foi
Que pas un mot grossier ou sentant la licence
Ne mettra la rougeur au front de l'innocence.

Le peintre, de son art s'il connaît les secrets,
Cache les nudités sous des voiles discrets,
Et par le charme heureux de son pinceau magique,
Ne blesse aucun regard, même le plus pudique ;

Ainsi, poëte austère, en mes vers aujourd'hui
Je saurai me montrer aussi prudent que lui.
Dans toute sa laideur, quoique peignant le vice,
Je saurai, me servant d'un adroit artifice,
Jeter sur mon sujet un long voile de deuil,
Entrer seul à la morgue et vous laisser au seuil.

J'ai du mépris pour vous et non pas de la haine,
Et ma bouche est sans fiel et sans fiévreuse haleine.
Libertins, écoutez ! Je le déclare ici,
C'est un rude combat, sans trève ni merci
Que je viens vous livrer ! Et, voyez mon audace,
Je combats contre vous sans casque et sans cuirasse,
Visage découvert, en champ clos, au grand jour,
Animé par la foi, la charité, l'amour ! !

II.

Libertins, à nous deux ! Il faut que ma satire
De son dur martinet vous frappe et vous déchire ;
Mais où frapper, grands dieux ! pour vous trouver du sang,
Car de la tête aux pieds, de l'un à l'autre flanc,
Dans vos corps épuisés, sondant de veine en veine,
Qui voudrait en trouver périrait à la peine ;

Non ! vous n'en avez plus ! ! Comme un vampire affreux
Suce et boit lentement le sang des malheureux
Qu'il étreint de ses bras, qu'il souille de sa bouche,
Qu'il tient anéantis sous son regard farouche,
Le vice, autre vampire, au moins aussi cruel
Que le monstre des nuits, plus affreux, plus réel,
Suce et boit, libertins, votre sang goutte à goutte,
Et de son triste sceau marquant partout sa route,
Il creuse votre joue, et sur vos pâles fronts
Imprime avant le temps des sillages profonds ;
Sous son empire, hélas ! vos yeux n'ont plus de flammes
Ou ne s'allument plus qu'à des ardeurs infâmes ;
Puis s'attaquant au cœur, à l'âme, à la raison,
Il leur verse à longs traits les flots de son poison.
Alors, le vice alors ne trouvant plus d'entraves,
De ceux qu'il a vaincus fait ses lâches esclaves,
Franchit toute barrière, et d'excès en excès,
Du retour aux vertus leur interdit l'accès.
Il ne les quitte plus ! Sa puissance funeste
De tous bons sentiments vient enlever le reste,
Et bientôt disparaît le cachet immortel
Que l'homme avec le jour reçut de l'Éternel ;
La foi, les mœurs, l'honneur, tout pâlit et s'efface,
Sous l'âpre feu des sens en disparaît la trace ;
Ce feu c'est un brasier qui jamais ne s'éteint,
Et tout homme est perdu dès qu'il en est atteint.

Oh ! je n'ai pas fini , ce n'est point tout encore ,
Mon vers de plus en plus sombrement se colore.
Quoiqu'il puisse en coûter à mon faible pinceau ,
Je veux du libertin achever le tableau ,
Et pour mieux vous montrer cette nature étrange ,
Le suivre pas à pas et marcher dans sa fange.

III.

Irrévocable arrêt de son fatal destin ,
Le libertin n'est pas seulement libertin ;
Le libertin en lui résume tous les vices
Qu'il entretient au prix des plus grands sacrifices ;
Chez sa Laïs esclave et despote chez lui ,
Il n'a pour ses parents qu'un front chargé d'ennui ,
Qu'un cœur qui ne bat plus à la voix de sa mère ,
Qu'une parole sèche , empreinte de colère ;
L'air du toit paternel si doux , si bienfaisant ,
A ce fils dévoyé paraît lourd et pesant ;
Du foyer domestique il fuit le saint asile ,
Son cœur ne comprend plus une paix si tranquille ,
Et son vieux père , hélas ! voit chaque soir finir
Sans pouvoir l'embrasser, sans pouvoir le bénir.

Quand sur nous la nuit verse un sommeil salutaire
Au repos de nos corps devenu nécessaire,
Le libertin, caché sous ses voiles épais,
Se livre avec fureur à de nouveaux excès.
C'est le jeu, mais le jeu dévorant dans sa rage
De l'épouse la dot, des enfants l'héritage;
Ce sont les fins soupers où lançant ses bouchons,
Le champagne mousseux vient marbrer nos plafonds;
C'est la bruyante ivresse et la grossière orgie,
C'est Bacchus en délire et Vénus en furie;
De ces funestes nuits en leur témérité
Je ne percerai point l'affreuse obscurité.

IV.

Sur son lit de douleur (quand sa main homicide
Ne souille pas sa mort d'un lâche suicide),
Regardez avec moi le libertin mourir:
Sans parents, sans amis prompts à le secourir,
Seul, toujours seul; hélas! pas un mot de prière
N'adoucit les tourments de son heure dernière;
Il meurt; et son convoi vous le voyez d'ici!
A son dernier asile il s'en va seul aussi;

Tout seul, oh ! non ! la croix ne délaisse personne,
La croix est toujours là quand tout nous abandonne ,
Et son divin rayon qui luit sur son berceau ,
Accompagne et suit l'homme au-delà du tombeau.

V.

Et voilà des époux destinés à nos filles,
A ces chastes enfants , honneur de nos familles ,
Qui s'en vont saintement aux autels échanger
Contre des sens flétris un bouquet d'oranger ;
Elles croyaient goûter dans un saint hyménée ,
D'un tranquille bonheur la coupe fortunée ;
Ou bien si leur hymen avait de tristes jours ,
En les souffrant à deux rendre leurs poids moins lourds.
Bientôt, pauvres enfants ! déception funeste ,
De leurs rêves dorés , hélas ! rien ne leur reste ;
Tout disparaît, ainsi que ces tableaux trompeurs
Qu'enfantent du sommeil les légères vapeurs ;
A leurs yeux effrayés l'avenir se déploye.
D'un être malfaisant ces vierges sont la proie ;
Elles ont pour époux un sceptique, un frondeur,
Blessant leur innnocence , outrageant leur pudeur,

Raillant la piété, même la plus sincère ;
A la vie, à la mort demandant leur mystère,
A l'âme contestant son immortalité,
A la religion sa sainte vérité ;
Se faisant esprit fort à force d'ignorance,
Adorant le hasard, niant la Providence ;
Des ténèbres du doute il se voile les yeux,
Et vient nier le jour à la clarté des cieux.

VI

Le vice, dira-t-on, porte et trouve en lui-même
Les tourments du remords, son châtiment suprême ;
Mais ce n'est point assez ; il faut publiquement
Le frapper, le marquer d'un stigmate infamant ;
Il faut bien plus encore, il faut qu'à son approche
Le mépris, le dégoût gagnent de proche en proche ;
Ainsi qu'au malheureux privé de sa raison
Par prudence on défend l'accès de sa maison,
Du libertin aussi préservons nos familles
Où sa présence insulte à l'honneur de nos filles ;
Il faut le laisser seul en ses tristes exploits,
Tout seul, avec son ombre et l'écho de sa voix.

Autour du libertin vivant sans frein ni guide,
Il faudrait qu'il se fît comme un immense vide ;
Voilà le seul moyen de le rendre à l'honneur,
De lui faire affluer un noble sang au cœur,
De le rendre aux vertus, de rallumer leur flamme
Sous le vice étouffée et non morte en son âme.

VII.

Le père à ses enfants s'il est comte ou baron,
Transmet avec ses biens le titre, le blason
Que lui-même en naissant il reçut de son père..
Hélas ! le vice aussi paraît héréditaire !
Le siècle en ma faveur parle haut aujourd'hui,
Et d'exemples poignants vient m'apporter l'appui.
Le fils du libertin ne dément pas sa race,
Des vices de son père il suit la triste trace,
Et ce dernier souvent éprouve la douleur
De se voir dépasser en honte, en déshonneur.
Il aurait beau prier, sa plainte serait vaine,
Le vice est comme l'eau, son tourbillon entraîne ;
Et comme on vit jadis un père malheureux
Qu'un fils dénaturé traînait par les cheveux,

S'écrier, suppliant d'une voix lente et forte,
Quand son corps du logis allait franchir la porte,
« Arrête ici, mon fils ! ô malheureux enfant,
» Moi je n'ai pas traîné mon père plus avant ! »
Sans que ce monstre, hélas ! sur la pente fatale
Se recule et renonce à son œuvre infernale.
Ainsi le libertin verra toujours son fils
Dépasser les excès que lui-même a commis.
Il aura beau crier : Mon fils ! arrête ! arrête !
Son fils restera sourd, ou, détournant la tête,
Assez, s'écriera-t-il, eh ! de quel droit viens-tu,
Sans l'avoir pratiquée, invoquer la vertu.

VIII.

Quand les champs sont détruits, dévastés par l'orage,
Le fermier sait doubler ses peines, son courage.
Il consulte le ciel, la terre et les saisons,
Pour assurer le sort des nouvelles moissons.
Imitons cet exemple ; à la future race,
Qui du monde, après nous, doit couvrir la surface,
Par notre vigilance et nos soins assidus,
Apprêtons les sillons où germent les vertus.

Vous que le ciel dota du sacré caractère,
Du sacerdoce auguste et d'époux et de père,
Veillez sur vos enfants, fécondez en leur cœur
Les germes précieux des vertus, de l'honneur.
Soyez-en à la fois l'exemple et le symbole ;
L'exemple touche plus qu'une vaine parole ;
Et pour que vos leçons s'impriment à toujours,
De la religion empruntez le secours ;
De cette tendre mère et si douce et si sainte,
Sur ces arbres naissants sachez graver l'empreinte ;
Mais ne bornez point là vos soins et votre amour,
C'est quand l'arbre grandit qu'il lui faut chaque jour
Les soins du jardinier. C'est ainsi de l'enfance ;
Dirigez sûrement ses mœurs et sa croyance ;
De la religion qui garde le lien,
Marchera ferme et droit dans le sentier du bien.

Femmes, n'oubliez point la tâche noble et sainte
Que Dieu vous imposa ! Remplissez-la sans crainte.
Si l'homme fait la loi, s'il l'arme de rigueurs,
C'est à vous de veiller, de régner sur les mœurs,
Dans vos divers états de fille, épouse et mère
Que le ciel vous chargea de remplir sur la terre,
Pour soulager nos maux, pour embellir nos jours,
Pour nous rendre la vie heureuse en tout son cours.

Soyez aux libertins comme des cieux propices ;

Qu'en voyant vos vertus il renonce à ses vices.

Soyez pour lui ce phare élevé sur les flots

Qui, signalant le port, sauve les matelots.

Filles, qu'il trouve en vous tant de vertus modestes,

Qu'il sente le remords sous ses penchants funestes ;

Femmes, par le bonheur que goûte votre époux,

Qu'il envie en son âme un bonheur aussi doux ;

Que vos soins pour les fruits d'une union bien chère,

Rappellent dans son cœur l'image de sa mère ;

Que des larmes alors retrouvant les douceurs,

Il abjure à toujours ses funestes erreurs.

www.ingramcontent.com/pod-product-compliance
Lightning Source LLC
Chambersburg PA
CBHW050726070726
47597CB00009B/3812